La fête de l'école

À Richard, grand Maître du CP,
qui apprend à lire à ses élèves avec passion et bonheur !
M.

www.editions flammarion.com
© Flammarion, 2012
Éditions Flammarion - 87, quai Panhard-et-Levassor, 75647 Paris Cedex 13
ISBN : 978-2-0812-6401-4 - N° d'édition : L.01EJEN000716.C010
Dépôt légal : juin 2012
Imprimé en Espagne par Liberdúplex - août 2016
Loi n° 49-956 du 16 juillet 1949 sur les publications destinées à la jeunesse.

La fête de l'école

Texte de
Magdalena

Illustrations
d'**Emmanuel Ristord**

Castor Poche

Demain, c'est la fête de l'école.
La classe est sens dessus dessous.
Il y a du bazar partout.
Les élèves sont tout contents
et très occupés.

Maîtresse Julie dit aux enfants :
« Pas de panique, nous avons
toute la journée pour être prêts.
C'est un défi, mais nous allons y arriver.
Je vous le promets ! »

ROBES

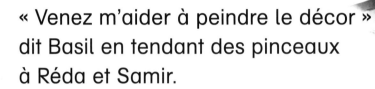

« Venez m'aider à peindre le décor »
dit Basil en tendant des pinceaux
à Réda et Samir.

Mia s'applique,
elle suspend les robes de princesse
sur une tringle à roulettes.

Téo compte et recompte les accessoires,
mais il ne tombe jamais sur le même nombre.

Tim, la tête dans la gueule du dragon,
se dirige vers les filles et crie :
« Je vais cracher des flammes
pour vous brûler les fesses. »

Noé, dans le corps du dragon,
a du mal à avancer.
Il se cogne aux tables.
Il crie d'une voix un peu étouffée :
« Aïe ! Moins vite, Tim,
je ne vois rien, moi, là-dedans ! »

Maîtresse Julie lance la grande opération
« aménagement de la classe » !
On se croirait dans une ruche.

Les garçons déplacent les tables en criant :
« Ho ! Hisse ! »

Les filles installent les chaises en chantant :
« Ho ! Hisse ! »

Après un grand méli-mélo,
comme par enchantement,
tout est en place.

À présent, la classe ressemble
à une vraie salle de spectacle.
Il y a même une estrade.

Assise sur une chaise,
Maîtresse Julie a l'air très fatiguée.

Elle se reprend et dit :
« Répétition générale, tous à vos postes. »

Basil s'habille en chevalier,
pendant que Léa, Ana, Lou, Alice,
Fatou et Selma enfilent leur costume.

Réda et Léo installent le décor du château.

Samir, déguisé en arbre,
agite ses branches pour faire rire les filles.

Mia, perchée sur une chaise,
sort sa tête par la fenêtre de la tour.

Noé et Tim, en dragon,
font les cent pas devant le château.

D'habitude, Basil est toujours sûr de lui,
mais pour la scène finale, il a le trac.
Maîtresse Julie lui souffle,
car il a un trou de mémoire.

Comme Alice et Lou ricanent,
Maîtresse Julie leur dit :
« On ne se moque pas, les filles,
ce n'est pas gentil ! »

Pour finir la journée, la moitié de la classe
écrit et décore les invitations,
l'autre moitié dessine les affiches.
Maîtresse Julie aide tout le monde.

Les CP sont si concentrés,
qu'ils sont surpris par la sonnerie.

À la sortie de la classe, les parents
et les enfants ne parlent que du spectacle.
L'excitation monte.
C'est une grande première.
Tout le monde est impatient.

21

Le lendemain, c'est le grand jour !
Les élèves sont tous sur scène,
chacun à sa place.

Ils s'entraînent à jouer les statues de sel,
car ils ne devront pas bouger,
quand les parents vont s'installer.

« Ce n'est pas un vrai théâtre,
il n'y a pas de rideaux pour vous cacher.
À trois, vous êtes des statues de sel !
Un, deux, trois ! » dit Maîtresse Julie.

Pendant ce temps, les parents attendent
devant la porte de la classe.
Ils ont hâte d'assister au spectacle.

À l'entrée, Téo, déguisé en fou du roi,
les accueille.
« Entrez, les parents, installez-vous,
le spectacle va commencer. »

La classe est pleine !

Les parents sont excités comme des enfants.

Maîtresse Julie les rappelle à l'ordre :

« Silence, s'il vous plaît,

le spectacle va commencer.

Merci d'éteindre vos téléphones portables.

Vos enfants vont jouer une pièce de théâtre. »

Téo reprend la parole :

« Le titre de la pièce est

Le chevalier, les princesses et le dragon. »

À la fin du spectacle,
les parents se lèvent et applaudissent.
Les enfants saluent encore et encore.

« C'est une réussite ! Bravo ! Bravo ! »
crient les parents fièrement.

« Et maintenant, régalons-nous ! »
crie Téo, le fou du roi.
Pour l'occasion, un papa pâtissier a fait
un gâteau « château fort » en chocolat.

Avec tous les préparatifs,
Maîtresse Julie a oublié les couverts.
« Mangeons comme au Moyen Âge :
avec les doigts ! » dit-elle en riant.

Basil donne le signal :
« À l'attaque du château gâteau ! »

Et les CP et leurs parents donnent l'assaut.

Retrouve les histoires de **Je suis en CP**
pour t'accompagner tout au long de l'année !
3 niveaux de lecture correspondant aux grandes
étapes d'apprentissage, de la lecture accompagnée
à la lecture autonome.

NIVEAU 1 : PREMIER TRIMESTRE
NIVEAU 2 : DEUXIÈME TRIMESTRE
NIVEAU 3 : TROISIÈME TRIMESTRE

Déjà parus :

C'est la rentrée ! Dispute à la récré Jour de piscine La remplaçante Les amoureux
NIVEAU 1   NIVEAU 1   NIVEAU 2   NIVEAU 2   NIVEAU 3

À paraître, *Le nouveau* :
Il y a un nouveau dans la classe.
Vivement la récré que les CP
puissent le connaître
un peu mieux !